Gröls Verlage

„BÜCHER SIND WIE FALLSCHIRME. SIE NÜTZEN UNS NICHTS, WENN WIR SIE NICHT ÖFFNEN."

Gröls Verlag

Redaktionelle Hinweise und Impressum

Das vorliegende Werk wurde zugunsten der Authentizität sehr zurückhaltend bearbeitet. So wurden etwa ursprüngliche Rechtschreibfehler *nicht* systematisch behoben, denn kleine Unvollkommenheiten machen das Buch – wie im Übrigen den Menschen – erst authentisch. Mitunter wurden jedoch zum Beispiel Absätze behutsam neu getrennt, um den Lesefluss zu erleichtern.

Um die Texte zu rekonstruieren, werden antiquarische Bücher von Lesegeräten gescannt und dann durch eine Software lesbar gemacht. Der so entstandene Text wird von Menschen gegengelesen und korrigiert – hierbei treten auch Fehler auf. Wenn Sie ebenfalls antiquarische Texte einreichen möchten, finden Sie weitere Informationen auf www.groels.de

Viel Freude bei der Lektüre wünscht Ihnen das Team des Gröls-Verlags.

Adressen
Verleger: Sophia Gröls, Im Borngrund 26, 61440 Oberursel
Externer Dienstleister für Distribution & Herstellung: BoD, In de Tarpen 42, 22848 Norderstedt

Unsere „Edition | Kleine Klassiker" versammelt über hundert unbestrittene Klassiker der Weltliteratur in einem ästhetisch anspruchsvollen und handlichen Format.

Die Gröls-Klassiker-Editionen gehören heute mit ungefähr tausend Werken zu den größten Sammlungen klassischer Literatur im deutschen Sprachraum. Wir kultivieren und kuratieren damit einen der wertvollsten Bereiche der abendländischen Kultur. Kleine Auswahl:

Francis Bacon • Neues Organon • **Balzac** • Glanz und Elend der Kurtisanen • **Joachim H. Campe** • Robinson der Jüngere • **Dante Alighieri** • Die Göttliche Komödie • **Daniel Defoe** • Robinson Crusoe • **Charles Dickens** • Oliver Twist • **Denis Diderot** • Jacques der Fatalist • **Fjodor Dostojewski** • Schuld und Sühne • **Arthur Conan Doyle** • Der Hund von Baskerville • **Elisabeth von Österreich** • Das Poetische Tagebuch • **Friedrich Engels** • Die Lage der arbeitenden Klasse • **Ludwig Feuerbach** • Das Wesen des Christentums • **Fitzgerald** • Zärtlich ist die Nacht • **Flaubert** • Madame Bovary • **Theodor Fontane** • Effi Briest • **Robert Musil** • Über die Dummheit • **Edgar Wallace** • Der Frosch mit der Maske • **Jakob Wassermann** • Der Fall Maurizius • **Oscar Wilde** • Das Bildnis des Dorian Grey •

Mark Twain • Huckleberry Finns Abenteuer und Fahrten • **Anton Tschechow** • Die Möwe • **Ludwig Tieck** • Der gestiefelte Kater • **Feuerbach** • Das Wesen des Christentums • **Fitzgerald** • Zärtlich ist die Nacht • **Flaubert** • Madame Bovary • **Theodor Fontane** • Effi Briest • **Robert Musil** • Über die Dummheit • **Edgar Wallace** • Der Frosch mit der Maske • **Jakob Wassermann** • Der Fall Maurizius • **Oscar Wilde** • Das Bildnis des Dorian Grey • **Mark Twain** • Huckleberry Finns Abenteuer und Fahrten • **Anton Tschechow** • Die Möwe • **Ludwig Tieck** • Der gestiefelte Kater • **Jonathan Swift** • Gullivers Reisen • **Robert Louis Stevenson** • Die Schatzinsel • **William Shakespeare** • Othello • **Arthur Schopenhauer** • Die Kunst, Recht zu behalten • **Felix Salten** • Bambi • **Platon** • Der Staat • **Arthur Schnitzler** • Traumnovelle • **Friedrich Schiller** • Wilhelm Tell • **Karl May** • Winnetou • **Franz Kafka** • Der Prozeß • Platon • Verteidigungsrede • **Jules Verne** • Reise nachdem Mittelpunkt der Erde • **Leo Tolstoi** • Auferstehung • **August Strindberg** • Inferno • **Julius Stinde** • Familie Buchholz • **Wilhelm Raabe** • Die schwarze Galeere • **Friedrich Nietzsche** • Götzendämmerung • **Gotthold Ephraim Lessing** • Emilia Galotti *und viele weitere Werke….*

Jack London

Die Herrin des Großen Hauses

Er erwachte im Dunkeln. Das Erwachen war einfach, leicht, ohne eine andere Bewegung, als daß die Augen sich öffneten und ihn auf die herrschende Dunkelheit aufmerksam machten. Im Gegensatz zu den meisten Menschen, die sich vorfühlen, lauschen und sich erst mit ihrer Umgebung in Verbindung setzen müssen, war er im Augenblick des

Erwachens vollkommen klar und in Zeit und Raum orientiert. Nach den entglittenen Stunden des Schlafs nahm er ohne Anstrengung die unterbrochene Reihe seiner Tage wieder auf. Er wußte, daß er Dick Forrest, Herr weiter Ländereien war, den der Schlaf vor einer Anzahl von Stunden übermannt hatte, nachdem er zuvor schlaftrunken ein Streichholz zwischen die Seiten des Buches, in dem er las, gesteckt und seine Leselampe ausgeschaltet hatte.

Ganz in der Nähe hörte er das Rieseln und Glucksen eines schläfrigen Springbrunnens, und in der Ferne, so schwach, daß nur ein scharfes Ohr es vernehmen konnte, ein Geräusch, das ihn vor Freude lächeln ließ. Er wußte, daß dieser ferne Kehllaut von König Polo stammte, seinem prachtvollen Kurzhornstier, der auf der großen kalifornischen Tierschau in Sacramento den ersten Preis erhalten hatte. Und das Lächeln schwand nicht gleich von Dick Forrests Gesicht, denn er dachte einen Augenblick an die Triumphe, die König Polo, ehe das Jahr um war, auf Tierschauen in den Oststaaten feiern sollte. Er wollte zeigen, daß ein in Kalifornien geborener und aufgezogener Stier es mit den besten Stieren aus Iowa oder mit überseeischen, aus der berühmten

Heimat des Kurzhornviehs eingeführten, aufnehmen konnte.

Erst nach einigen Sekunden, als das Lächeln verschwunden war, streckte er die Hand ins Dunkel und drehte den ersten einer Reihe von elektrischen Schaltern. Es waren drei Reihen Schalter. In dem indirekten Licht, das von der mächtigen Schale unter der Decke ausströmte, sah man eine Schlafveranda, von deren Seiten drei aus sehr feinmaschigen

Kupferdrahtjalousien bestanden. Die vierte war die gemauerte, von einer hohen Flügeltür durchbrochene Hauswand.

Er drehte den zweiten Schalter in der Reihe, und von einer bestimmten Stelle der Zementwand strahlte klares Licht und beleuchtete das Glas einer Uhr, eines Barometers und eines Thermometers, die sämtlich nebeneinander hingen. Er ließ den Blick über die Instrumente schweifen und las: Zeit 4,30 Uhr; Luftdruck 29,80, was für Höhenlage und Jahreszeit normal war, und Temperatur 36° Fahrenheit. Wieder drehte er den Schalter, und die Anzeiger für Zeit, Wärme und Luftdruck verschwanden im Dunkel.

Mittels eines dritten Schalters entzündete er seine Leselampe, die so eingerichtet war, daß das Licht von oben und hinten fiel, ohne ihm in die Augen zu scheinen. Er drehte wieder den ersten Schalter, und das Licht an der Decke verschwand, worauf er die Hand nach einigen Korrekturbogen auf einem Lesetisch ausstreckte, einen Bleistift nahm, sich eine Zigarette ansteckte und zu korrigieren begann.

Dieser Raum war offensichtlich das Schlafzimmer eines Mannes, der arbeitete. Zweckmäßigkeit war der Grundton, auf den es abgestimmt war, ferner bei aller Einfachheit ein gewisser Komfort. Das Bett bestand aus grau emailliertem Eisen, eine Schattierung dunkler als die Zementwand. Das Fußende bedeckte, wie eine Extradecke, ein mächtiger Schlafsack aus Wolfsfell mit herabhängenden Schwänzen, und auf dem Fußboden, wo ein Paar Pantoffel standen, lag eine langhaarige Ziegenfelldecke.

Auf dem großen Lesetisch mit den ordentlich aufgestapelten Büchern, Zeitschriften und Notizblöcken war ferner Platz für Streichhölzer und Zigaretten, einen Aschbecher, eine Thermosflasche und ein Diktaphon. Unter dem Barometer und dem Thermometer lächelte von der Wand herab ein junges Frauenantlitz in rundem Holzrahmen. Zwischen den vielen Schaltern und einer Schalttafel an der Wand ragte der Kolben eines 44er Colt-Revolvers aus einem offenen Pistolenhalfter hervor.

Um Punkt sechs, als die Dämmerung durch das Flechtwerk der Jalousien zu dringen begann, streckte Dick Forrest, ohne von den Korrekturbogen aufzusehen, die Hand aus und drückte auf einen Knopf, und fünf Minuten später betrat ein Chinese geräuschlos die Schlafveranda. Er trug ein kleines Teebrett aus blankem Kupfer, auf dem eine Tasse, eine winzige silberne

Kaffeekanne und eine entsprechende Sahnekanne standen.

„Guten Morgen, Oh Jeh!“ lautete Dick Forrests Gruß, und er lächelte dabei mit Augen und Mund.

„Guten Morgen, Herr!“ antwortete Oh Jeh, sah sich geschäftig nach einem Platz für das Teebrett um und goß dann Kaffee und Sahne in die Tasse.

Als das besorgt war und der Chinese sah, daß sein Herr schon die Tasse an den Mund führte, während er mit der andern Hand noch eine Berichtigung auf dem Korrekturbogen vornahm, hob er, ohne auf weiteren Bescheid zu warten, ein zartes, rosa Spitzenhäubchen vom Boden auf und verschwand lautlos wie ein Schatten durch die offene Flügeltür.

Auf die Minute halb sieben kam er mit einem größeren Teebrett wieder, und Dick Forrest legte die Korrektur zur Seite, nahm ein Buch zur Hand und begann zu essen. Sein Frühstück war einfach, aber kräftig – wieder Kaffee, eine halbe Grapefruit, zwei weiche Eier in einem Glase mit einem kleinen Stück Butter und sehr warm, sowie eine Scheibe geräucherten Speck, nicht zu durchgebraten, von eigener Zucht und Räucherung.

Jetzt strömte die Sonne durch die Öffnungen in den Jalousien herein und fiel auf das Bett. An der Außenseite des Kupfergewebes hatten sich eine Menge Fliegen angesammelt, die etwas zu früh ausgekrochen und von der Nachtkälte gelähmt waren. Während des Frühstückens verfolgte Forrest die Jagd der fleischfressenden Hornissen. Robust und widerstandsfähiger gegen die Kälte als die Bienen, surrten sie schon umher und richteten große Verheerungen unter den betäubten Fliegen an. Unter

Lärm und Spektakel stürzten sich diese gelben Jäger der Luft mit unfehlbarer Sicherheit auf ihre hilflosen Opfer und flogen mit ihnen davon. Die letzte Fliege war verschwunden, ehe Forrest seinen letzten Schluck Kaffee getrunken, ein Streichholz als Lesezeichen in sein Buch gelegt und wieder nach seinen Korrekturbogen gegriffen hatte.

Nach einer Weile tönte das weiche Rufen der Wiesenlerche zu ihm herein, und bei diesem ersten Laut, der das Kommen des Tages verkündete, hielt er in seiner Arbeit inne und sah auf die Uhr. Er legte die Korrekturbogen beiseite und begann mit Hilfe der Schalttafel, die er mit geübter Hand bediente, eine Reihe von Telefongesprächen.

„Hallo, Oh Freud!“ lautete sein erstes Gespräch.

„Ist Herr Thayer schon aufgestanden? – Schön. Stör' ihn

nicht. Ich glaube nicht, daß er sein Frühstück ans Bett haben will, aber frag' ihn lieber. – Schön, und dann zeig' ihm die Warmwassereinrichtung. Vielleicht weiß er nicht Bescheid damit, – ja, es ist gut! Nimm noch einen Diener mit, dann geht es schon. Es kommen immer viele Menschen, sobald es warm wird. – Jawohl! Tue, wie du meinst! Guten Morgen!“

„Herr Hanley?" – „Ja!" lautete sein nächstes Gespräch, nachdem er den Apparat umgestellt hatte. „Ich habe über den Deich bei Buckeye nachgedacht. Ich möchte gern den Preis für Kieszufuhr und Verschrotten wissen. – Ja, das stimmt. Ich nehme an, daß die Kieszufuhr sich auf zehn Cents teurer das Kubikmeter stellt als das Verschrotten. Es ist der letzte Steilhang, der die Pferde so mitnimmt. Wollen Sie mir die Preise angeben? –

Nein, wir können erst in vierzehn Tagen anfangen. – Ja, ja, wenn die neuen Traktoren je kommen, brauchen wir keine Pferde mehr zum Pflügen, aber zum Eggen brauchen wir sie noch ... Nein, sprechen Sie mit Everan darüber. Guten Morgen!"

Und sein dritter Anruf:

„Herr Dawson? Ha! Ha! In diesem Augenblick sechsunddreißig Grad auf meiner Veranda. Die Ebenen müssen ganz weiß von Reif sein. Aber es ist wohl der letzte Frost dieses Jahr. – Ja, Sie haben geschworen, daß die Traktoren schon vor zwei Tagen kommen sollten. – Rufen Sie den Stationsvorsteher an. – Hören Sie übrigens, wollen Sie Hanley einen Bescheid von mir überbringen? Ich vergaß ihn zu bitten, daß er die „Rattenfänger“ mit einem neuen Vorrat von Fliegenfängern schicken soll. – Ja, gleich. Es saßen heute morgen Dutzende auf meiner Jalousie. – Ja. – Guten Morgen!“

Jetzt ließ Forrest sich in seinem Pyjama aus dem Bett gleiten, steckte die Füße in die Pantoffel und begab sich durch die Flügeltür in sein Bad, das Oh Jeh unterdessen gerichtet hatte. Zehn Minuten später kehrte er gebadet und rasiert zu Bett und Buch zurück, während Oh Jeh ihm, pünktlich wie immer, die Beine massierte.

Es waren die gut gewachsenen Beine eines kräftigen Mannes, der ein Meter achtzig maß und gut hundertsechzig Pfund wog, und sie erzählten gleichzeitig einiges aus seinem Leben. Am linken Schenkel befand sich eine zehn Zoll lange Narbe. Über dem linken Knöchel, vom Spann bis zur Ferse, waren ein Dutzend kleine, runde Schrammen, und wenn Oh Jeh das linke Knie zu kräftig in die Mache nahm, krümmte Forrest sich ein bißchen. Das rechte Schienbein wies verschiedene dunkle Narben auf, von denen eine, dicht unter dem Knie befindliche, direkt wie eine Vertiefung im Knochen wirkte. Mitten über den Oberschenkel lief eine fingerlange Schmarre mit den winzigen Zeichen von Nadelstichen.

Plötzlich ertönte draußen ein Wiehern. Forrest legte sofort das Streichholz zwischen die Seiten des Buches, und während Oh Jeh ihm in

Strümpfe und Schuhe half, wandte er den Kopf und blickte hin. Hinten auf dem Wege, durch den hängenden Purpur der früh blühenden Syringen, kam, von einem malerischen Cowboy geführt, ein mächtiger Hengst, ein prächtiges Tier, das rot in der Morgensonne glänzte. Der schneeige Schaum seines mächtigen Kötenhaars flatterte im Winde, die stolze Mähne wogte, und die Augen schweiften suchend umher, während sein

Liebesruf wie ein Trompetenstoß über das erwachende Land tönte.

Freude und Furcht kämpften in diesem Augenblick in Dick Forrest, – Freude über das herrliche Tier, das durch die Syringenhecken geschritten kam; Furcht, daß der Hengst die junge Frau geweckt haben könnte, deren Antlitz ihn aus dem runden Rahmen an der Wand anlächelte. Er warf einen hastigen Blick über den sechzig Meter breiten Hof nach dem langen, schattenhaften, vorspringenden Flügel, wo ihre Zimmer lagen. Die Jalousien ihrer Schlafveranda waren herabgelassen und regten sich nicht. Wieder wieherte der Hengst, aber nichts regte sich, außer einer Schar wilder Kanarienvögel, die sich, wie ein grüngoldenes Lichtsprühen bei Sonnenaufgang, von den Blumen und Büschen des Hofes hoben.

Er folgte dem Hengst mit den Blicken, bis er zwischen den Syringen verschwand, und sah in Gedanken eine ganze Reihe schöner, schwer und tadellos gebauter Shire-Fohlen; dann aber wandte er sich, wie immer, der Gegenwart zu und fragte seinen Kammerdiener:

„Wie steht es mit dem neuen Boy, Oh Jeh? Taugt er was?“

„Ihn recht guter Boy, ich glaube“, lautete die Antwort. „Ihn junger Bursch. Alles neu. Recht langsam. Aber mit Zeit ihn machen sich gut.“

„Wieso meinst du?“

„Ich ihn wecken drei, vier Morgen jetzt. Ihn schlafen wie kleines Kind. Ihn wachen auf und lächeln gerad wie Sie. Das sehr gut.“

„Wache ich lächelnd auf?“ fragte Forrest.

Oh Jeh nickte.

„Vielmal, viele Jahre ich wecke Sie. Immer Ihre Augen offen, Ihre Augen lächeln, Ihr Mund lächelt, Ihr Gesicht lächelt, Sie ganz lächeln, gerade so, gleich. Das sehr gut. Ein Mann aufwachen so, ihn viel gut Verstand. Ich weiß. Dies neue Boy aufwachen ebenso. Allmählich, sehr bald ihn machen tüchtiger Boy. Sie werden sehen. Ihn heißen Chow Gam. Wie Sie nennen ihn hier?“

Dick Forrest dachte nach.

„Welche Namen haben wir schon?“ fragte er.

„Oh Freud, Ach Ja, Oh Weh und mich, Oh Jeh“, zählte der Chinese auf. „Oh Freud nennen neuen Boy …“

Er schwieg und sah seinen Herrn fragend an. Forrest nickte.

„Oh Freud nennen neuen Boy ›Oh Hölle‹.“

„Oho!“ lachte Forrest beifällig. „Oh Freud ist ein Spaßvogel. Ein guter Name, aber nicht zu gebrauchen. Was würde meine Frau sagen? Wir müssen uns einen andern Namen ausdenken."

„Oh Ho – das guter Name."

Der Ausruf klang noch in Forrest nach, so daß er gleich die Beziehung zu dem Einfall Oh Jehs fand.

„Schön, nennen wir ihn Oh Ho."

Oh Jeh beugte den Kopf, entschwand schleunigst durch die Glastür und kehrte ebenso mit dem Rest von Forrests Kleidungsstücken zurück, half ihm in Unterjacke und Hemd, legte ihm die Krawatte um den Hals, so daß er sie sich selbst knüpfen konnte, und kniete nieder, um ihm Gamaschen und Sporen anzuschnallen. Ein Pfadfinderhut und eine kurze Peitsche vervollständigten die Ausrüstung – eine Indianerpeitsche aus ungegerbtem Leder mit Blei im dicken Ende und einem um das Handgelenk gewundenen Lederriemen.

Als Forrest durch die Flügeltür in das Innere des Hauses trat, kam er zuerst in ein bequem eingerichtetes Ankleidezimmer, mit einer Tür zum Badezimmer; dann gelangte er in ein großes Arbeitszimmer mit allen möglichen Requisiten: Pulten, Diktaphonen, Kartotheken, Bücherschränken, Ständern für Zeitschriften und Regalen mit Fächern und Schubladen, die ganz bis zu der niedrigen Balkendecke reichten.

In der Mitte des Raumes drückte er auf einen Knopf, und eine Reihe schwer beladener Bücherregale schwang sich um einen Zapfen, wodurch eine winzige eiserne Wendeltreppe zum Vorschein kam; er stieg vorsichtig hinunter, um nicht mit den Sporen hängen zu bleiben, und hinter ihm drehten sich die Bücherregale wieder auf ihren Platz zurück.

Am Fuße der Treppe drückte er wieder auf einen Knopf, worauf mehrere Bücherregale sich schwangen, und betrat einen langen, niedrigen, vom Fußboden bis zur Decke mit Büchern angefüllten Raum. Er schritt geradeswegs auf ein Regal zu und griff mit unfehlbarer Sicherheit nach dem Buche, das er haben wollte. Eine Minute glitt sein Blick über die Seiten, dann hatte er die Stelle, die er suchte, gefunden. Er nickte befriedigt und stellte das Buch auch wieder an seinen Platz.

Eine Tür führte zu einer von viereckigen Betonpfeilern und Rotholzbalken getragenen Pergola. Er mußte eine Betonmauer von mehreren hundert Fuß Länge passieren; offenbar hatte er nicht den kürzesten Weg gewählt, um das Haus zu verlassen. Unter weit verästelten alten Eichen, auf einem Platze, wo der lange Bindebalken mit der abgenagten

Rinde und der zertretene Kies von Zähnen und Hufen vieler ungeduldiger Pferde zeugten, stand eine fahlgoldene, fast lohfarbene Fuchsstute. Ihr sorgfältig gestriegeltes Fell flammte in der Morgensonne. Das ganze Tier flammte. Es war wie ein Hengst gebaut, und ein den Rücken entlang laufender dunkler Streifen zeigte, daß es unter seinen Vorfahren auch viele Mustangs hatte.

„Was macht Kannibalin heute morgen?“ fragte er und löste die Leine vom Hals der Stute.

Sie legte die Ohren zurück – die kleinsten Ohren, die je ein Pferd besessen, Ohren, die von dem freien Liebesabenteuer eines Vollbluthengstes mit wilden Pferden in den Bergen erzählten, – und schnappte mit boshaft funkelnden Zähnen und Augen nach Forrest.

Als der Reiter sich in den Sattel schwang, machte sie einen Satz und sprang weiter, versuchte zu steigen und schoß dann den mit Kies bestreuten Weg entlang. Und sie hätte sich auch gebäumt, wäre ihr Kopf nicht durch den Sprungriemen unten gehalten worden, der gleichzeitig die Nase des Reiters vor dem zornig zurückgeworfenen Kopfe schützte.

So vertraut war er mit der Stute, daß er ihre Mucken kaum beachtete. Ganz mechanisch, durch die leiseste Berührung des gekrümmten Halses mit dem Zügel oder einen leichten Druck von Sporen und Knien lenkte er das Pferd den gewünschten Weg. Als es einmal ganz herumwirbelte, sah er einen Schimmer des Großen Hauses. Groß wirkte es, aber das kam zum Teil daher, weil die Gebäude so weit verstreut lagen. In Wirklichkeit war es nicht so groß, wie es aussah. In einer Länge von zweihundertfünfzig Meter erstreckte sich die Fassade, aber ein Teil dieser Länge bestand aus Korridoren mit Zementmauern und Ziegeldächern, die die verschiedenen Teile des Gebäudes verbanden und zusammenhielten. Dazu gab es eine entsprechende Anzahl von Höfen und Pergolen, und all die Mauern mit ihren vielen vor- und zurückspringenden Winkeln erhoben sich aus Stauden- und Blumenbeeten.

Die Architektur des Großen Hauses war spanisch, aber nicht von dem kalifornisch-spanischen Typ, der vor hundert Jahren aus Mexiko eingeführt und von modernen Architekten zu dem spezifisch kalifornischen Stil ausgebildet war. Spanisch-maurisch wäre vielleicht eine bessere Bezeichnung für das Große Haus mit all seinen sich widersprechenden Einzelheiten gewesen, obwohl manche

Sachverständige dieser Bezeichnung eifrig widersprochen hätten.

Geräumigkeit ohne Strenge und Schönheit ohne Überladung, – das war der erste Eindruck, den man vom Großen Hause empfing. Seine langen wagerechten, nur von einfachen senkrechten Linien und rechtwinkligen Vorsprüngen unterbrochenen Linien waren so ruhig und beherrscht wie die eines Klosters, während das unregelmäßige Dach die Einförmigkeit milderte.

Die hie und da stehenden viereckigen, niedrigen, jedoch nicht abgestumpften Türme gaben dem Gebäude das richtige Höhenverhältnis. Das Große Haus machte den Eindruck konstruktiver Festigkeit. Es sah aus, als könnte es einem Erdbeben trotzen. Es schien für tausend Jahre erbaut zu sein. Der solide Beton war mit gelblichem

Zementputz verkleidet. Anderseits hätte dieses Gelb-Weiß vielleicht eintönig gewirkt, wäre es nicht von den vielen flachen Dächern mit ihren roten spanischen Ziegeln unterbrochen worden.

Während das Pferd seine unerlaubten Seitensprünge machte, hatte der Blick Dick Forrests einen Augenblick besorgt auf dem langen Flügel an der andern Seite des sechzig Meter breiten Hofes geweilt. Dort, wo die vielen Türme in der Morgensonne erröteten, zeigten die herabgelassenen Jalousien der Schlafveranda, daß seine Herzensdame noch schlief.

Um ihn her erhoben sich auf drei Seiten gleichförmige, niedrige Höhen mit Hecken, Getreidefeldern und Weiden, die allmählich in höhere Hügel mit steileren, bewaldeten Hängen übergingen und immer steiler und höher, zuletzt zu mächtigen

Bergen wurden. Auf der vierten Seite wurde der Horizont nicht von Bergen und Hügeln begrenzt, das Gelände lief sanft zu den weiten, fernen Niederungen ab.

Das Pferd schnaufte unter ihm, seine Knie preßten sich hart gegen die Flanken des Tieres, und er zwang es auf den einen Wegrand. Ihm entgegen kam, wie eine Flut schimmernd weißer Seide, seine berühmte Herde von Angoraziegen, deren jede ihre

Stammtafel und ihre Geschichte aufzuweisen hatte. Es sollten gegen zweihundert sein, und nach seinen strengen Prinzipien waren sie im Herbst nicht geschoren worden. Die schimmernde Wolle, die selbst die Flanken des kleinsten Tieres bedeckte, war so fein wie das Haar eines neugeborenen Kindes, so weiß, ja weißer als das Haar eines menschlichen Albinos, länger als die als Norm angesehenen dreißig

Zentimeter, und selbst die längsten konnten in jedem gewünschten Ton gefärbt und zu phantastischen Preisen verkauft werden.

Der Anblick überwältigte ihn durch seine Schönheit. Der Weg war zu einem wogenden Seidenbande geworden, hie und da wie von funkelnden Edelsteinen unterbrochen, von gelben, katzenartigen Augen, die ihn und sein nervöses Pferd neugierig betrachteten. Zwei baskische Hirten schlossen den Zug. Es waren stämmige, dunkle Männer mit schwarzen Augen und lebhaften Gesichtern. Sie nahmen die Hüte ab und beugten die Köpfe vor ihm. Forrest hob seine Rechte, an deren Handgelenk die kurze Peitsche hing, und berührte, militärisch grüßend, mit ausgestrecktem Zeigefinger die Krempe seines Pfadfinderhutes.

Er ritt weiter. Auf allen Seiten hörte er das Klappern und Surren der Dungstreumaschinen. In der Ferne, auf den niedrigen, gleichmäßigen Höhen sah er ein Gespann nach dem andern. Das waren seine Shire-Stuten, die die Pflüge auf und nieder zogen und den Rasen auf den Hügeln in fetten, dunkelbraunen Saatboden verwandelten. Es waren die Felder, auf denen Mais und chinesisches Zuckerrohr für seine Silos wachsen sollten. Andere Hänge waren, dem von ihm angewandten Wechselbau entsprechend, mit kniehoher Gerste bedeckt, und wieder andere mit dem schönen Grün des Klees und der kanadischen Erbse.

Rings waren große und kleine Felder nach einem System geordnet, das sie leicht zugänglich und zu bewirtschaften machte und den sorgsamsten und praktischsten Landwirt mit Freude erfüllt hätte. Jede

Hecke war gegen das Eindringen von Schweinen und Stieren gesichert, und kein Unkraut wuchs in ihrem Schatten. Viele der Felder auf dem ebenen Gelände waren mit Alfalfa besät. Andere standen in der Herbstsaat oder wurden gerade für die Frühlingssaat vorbereitet. Wieder andere dienten als Weiden für trächtige Shropshire- oder französische Merinoschafe, oder für riesige, weiße Säue, die das Auge des

Besitzers im Vorbeireiten vor Freude strahlen ließen.

Er ritt durch eine Siedelung, die fast den Eindruck eines Dorfes machte, nur daß es weder Läden noch Gasthäuser gab. Die Häuser waren Bungalows, solid gebaut, hübsch anzusehen und alle von Gärten umgeben, in denen die härteren Pflanzen, darunter auch Rosen, schon aufgesprungen waren und der Drohung eines Frühlingsfrostes spotteten. Überall lachten und spielten Kinder zwischen den Blumen oder wurden von ihren Müttern zum Frühstück gerufen.

Dann kam eine Reihe von Werkstätten. Bei der ersten hielt er an und sah hinein. Ein Schmied arbeitete am Amboß. Ein zweiter hatte gerade eine ältere Shire-Stute beschlagen, die reichlich ihre siebzehnhundert Pfund wog, und feilte jetzt den Hufrand zum Eisen passend. Forrest sah es, grüßte und ritt vorbei, als er aber dreißig Meter weitergekommen war, hielt er sein Pferd an und kritzelte etwas auf den Schreibblock, den er aus der Hosentasche zog.

Auch an andern Werkstätten kam er vorbei – einer Malerwerkstätte, einer Stellmacherwerkstätte, einer Klempnerei und einer Tischlerei.

Das Große Haus war der Mittelpunkt des ganzen Betriebes. Rings herum lagen in einem Kreise mit einem Radius von einer halben Meile die verschiedenen Zentren. Immer seine Leute grüßend, galoppierte Dick Forrest am Meiereizentrum vorbei, einem ganzen Meer von Gebäuden mit Batterien von Getreidemagazinen und einer Menge Leute, die dabei waren, allen möglichen Abfall zu den wartenden Dungstreumaschinen zu schaffen. Hin und wieder begegnete er zielbewußten Männern, die bald geritten, bald gefahren kamen. Sie machten bei ihm Halt und besprachen sich kurz mit ihm. Es waren die Verwalter der verschiedenen Betriebe, und sie drückten sich ebenso bündig und klar wie er selber aus. Der letzte von ihnen, der auf einer dreijährigen Palomina-Stute, so anmutig und wild wie ein halb zugerittener Araber, saß, wollte grüßend vorbeireiten, wurde aber von seinem Brotherrn angehalten.

„Guten Morgen, Hennessy! Nun, wann ist sie fertig für meine Frau?“ fragte Dick Forrest.

„Ich möchte gern, daß Sie mir noch eine Woche Zeit ließen“, lautete die Antwort Hennessys. „Sie ist zwar soweit zugeritten, wie die gnädige Frau es wollte, aber noch ein bißchen nervös und empfindlich.“

Forrest nickte zustimmend und sagte dann, indem er das von ihm beschriebene Blatt von seinem

Notizblock riß, zerknüllte und fortwarf: „Wir haben einen neuen Mann in der Schmiede. Was für einen Eindruck haben Sie von ihm?“

„Er ist noch zu neu, als daß ich mir ein Urteil über ihn bilden könnte.“

„Na ja, den werfen Sie am besten gleich wieder hinaus. Er gehorcht nicht. Ich sah vor einem Augenblick, wie er der alten Bessie ein Eisen anpaßte, indem er ihr einen halben Zoll vom Huf abfeilte.“

„Er weiß doch, daß er das nicht darf.“

„Schicken Sie ihn weg“, wiederholte Forrest. Dann kitzelte er sein unruhiges Pferd ganz leicht mit den Sporen, daß es den Weg entlang schoß, immer noch mit dem Kopfe schlagend und versuchend, sich auf die Hinterfüße zu stellen.

Als Forrest einen der Wege, die von dem gemeinsamen Mittelpunkt, dem Großen Hause, strahlenförmig nach allen Seiten liefen, entlang galoppierte, überholte er Crellin, dem die ganze Schweinezucht unterstand, und erfuhr von ihm, daß Lady Isleton, eine auf allen Tierschauen von Seattle bis San Diego mit dem ersten Preise bedachte Sau, elf Ferkel geworfen hatte und sich ausgezeichnet befand. Crellin berichtete, daß er die ganze Nacht aufgewesen war und jetzt nach Hause wollte, um zu baden und zu frühstücken.

„Ich höre, daß Ihre älteste Tochter mit der Schule fertig ist und gern nach Stanford möchte“, sagte Forrest und hielt das Pferd, das er schon angetrieben hatte, wieder an.

Crellin war ein junger Mann von fünfunddreißig. Er hatte die Reife der Vaterwürde, gleichzeitig aber hatte er sich die Jugendlichkeit bewahrt, die eine Folge reinen, gesunden Lebens in frischer Luft ist. Er nickte, und eine leichte Röte unter der sonnengebräunten Haut zeigte, daß er sich über das Interesse seines Brotherrn freute.

„Sie sollten sich die Sache doch gut überlegen“, riet Forrest. „Stellen Sie mal eine Statistik über all die jungen Mädchen auf, die die höheren Schulen und Universitäten besucht haben, dann werden Sie sehen, wie viele von ihnen Karriere machen und wie viele, sobald sie ihr Examen bestanden haben, einfach Frauen und Mütter werden."

„Helen ist ganz darauf versessen", wandte Crellin ein.

„Wissen Sie noch, wie mir der Blinddarm herausgenommen wurde?" fragte Forrest. „Damals hatte ich eine prachtvolle Krankenschwester, ein so nettes Mädel, wie es nur je auf zwei Beinen herumgelaufen ist. Ihr fehlten damals noch sechs Monate an ihrer Ausbildung, aber vier Monate später mußte ich ihr ein Hochzeitsgeschenk schicken.“

In diesem Augenblick kam eine leere Dungstreumaschine vorbeigefahren und zwang die beiden Männer zum Ausweichen. Forrest blickte mit einem frohen Schimmer in den Augen auf das Handpferd vor der Maschine, eine große, wohlproportionierte Shirestute, deren Preise nebst denen ihrer Nachkommenschaft eines geübten Rechenmeisters bedurft hätten, um sie aufzuzählen und zu klassifizieren.

„Sehen Sie die Fotherington-Prinzessin“, sagte Forrest und nickte der Stute zu, die sein Auge erfreut hatte. „Das ist ein Weibsbild, wie es sein soll. Nur durch tausendjährige Zuchtwahl hat man ein Zugtier schaffen können, das allen anderen Zugtieren überlegen ist. Aber das kommt erst in zweiter Linie. In erster ist sie ein Weibsbild. Alles in allem lieben sie – und unsere Menschenweiber vor allem – uns Männer und sind in tiefster Seele mütterlich. Das viele Gerede der modernen Frauen von Stimmrecht und Karriere hat keine biologische Berechtigung."

„Ja, aber eine ökonomische", wandte Crellin ein.

„Sehr richtig", gab sein Brotherr zu, schränkte seine Zustimmung aber gleich wieder ein: „Unser jetziges

Industriesystem verhindert Ehen und zwingt die Frau, sich eine Zukunft zu schaffen. Aber vergessen Sie nicht, daß Industriesysteme kommen und gehen, während die Biologie ewig währt."

„Es ist heutzutage nicht so leicht, junge Frauen mit der Ehe zu befriedigen", meinte Crellin nachdenklich.

Dick Forrest lachte ungläubig.

„Das weiß ich doch nicht“, sagte er. „Ihre eigene Frau zum Beispiel mit ihrer humanistischen Bildung, – was hat sie nun davon? … Zwei Jungens und drei Mädels, nicht wahr? Wenn ich nicht irre, haben Sie mir selbst erzählt, daß sie das ganze letzte Jahr vor dem Examen mit Ihnen verlobt war.“

„Sehr richtig, aber …“ fuhr Crellin, mit einem heiteren Blick das gut gewählte Beispiel quittierend, fort,

„aber das ist fünfzehn Jahre her, und in diesen fünfzehn Jahren haben sich die ehrgeizigen Träume und Ideale unserer jungen Mädchen sehr geändert."

„Glauben Sie das nicht. Ich sage Ihnen, Crellin, es ist statistisch bewiesen. Alles, was dagegen spricht, ist nur etwas Vorübergehendes, aber Weib wird immer Weib bleiben, in alle Ewigkeit."

„Jede Frau, ja sogar jedes Mädchen, will nun einmal bei uns Männern ihren Willen durchsetzen“, murmelte Crellin.

„Und Ihr Mädel wird nach Stanford kommen“, lachte Forrest, sein Pferd zum Galopp anspornend, „und Sie und ich und alle Männer werden in alle Ewigkeit dafür zu sorgen haben, daß die Weiber ihren Willen kriegen.“

Noch einmal machte Dick Forrest Halt, ehe er das Große Haus erreichte.

Den Mann, den er anhielt, nannte er Mendenhall. Er war Sachverständiger für Pferde und Weiden. Man sagte von ihm, daß er jeden Grashalm auf dem Gute kannte.

Auf ein Zeichen Forrests hielt Mendenhall die beiden jungen Pferde an, die er gerade einfuhr. Was Forrest veranlaßte, ihm das Zeichen zu geben, war ein Schimmer von den fernen Almen hinter dem nördlichen Talrand, die sich tiefgrün im

Sonnenschein in dem ungeheuren Tiefland des Sacramentotals verloren.

Sie sprachen in kurzen Sätzen wie Männer, die sich ganz verstehen und wissen, wovon sie reden. Sie sprachen über die Lebensbedingungen der verschiedenen Herden in Vergangenheit, Gegenwart und Zukunft, sowie über die Aussichten der fernen Almen, und wieviel Heu noch vom Winter übrig geblieben sei in den schirmenden Gebirgstälern, wo die Herden überwintert hatten und gefüttert worden waren.

Beim Bindebalken unter den Eichen kam ein Stallknecht Forrest entgegengelaufen, um sein Pferd in Empfang zu nehmen. Er gab noch einen Auftrag bezüglich eines Pferdes namens Duddy, worauf er mit klirrenden Sporen in das Große Haus trat.

Forrest begab sich in einen anderen Flügel des Großen Hauses. Er trat durch eine massive, eisenbeschlagene Tür aus roh behauenen Balken in den unteren Teil eines Bauwerks, das einem Kerkerturm glich. Der Fußboden war zementiert, und nach verschiedenen Richtungen führten Türen hinaus. Durch eine von ihnen konnte man einen Chinesen mit weißer Schürze und steifer Kochmütze sehen, und aus demselben Raum ertönte das leise Surren einer Dynamomaschine. Sie war es, die

Forrest veranlaßte, vom geraden Wege abzuweichen. Er blieb stehen und guckte durch die angelehnte Tür in einen kühlen, zementierten, elektrisch erleuchteten Raum, in dem ein langer Eisschrank mit Glastüren und Glasborden, sowie auf der einen Seite eine Eismaschine, auf der anderen die Dynamomaschine standen. Auf dem Boden lag ein kleiner Mann in fleckigem Arbeitszeug. Forrest nickte ihm zu.

„Etwas nicht in Ordnung, Thompson?“ fragte er.

„War“, lautete die Antwort klar und bündig.

Forrest schloß die Tür und schritt weiter durch einen Gang, der einem Tunnel glich. Durch schmale, vergitterte Öffnungen, die den Schießscharten einer mittelalterlichen Burg glichen, fiel gedämpftes Licht auf seinen Weg. Eine neue Tür führte in einen langen, niedrigen Raum mit Balkendecke und einem Kamin, an dem man einen ganzen Ochsen hätte braten können. Ein mächtiger Holzkloben lag auf einer Unterlage von Kohlen und flammte lustig. Zwei Billards, einige Spieltische, bequeme Sessel und eine winzige Bar bildeten im wesentlichen die Einrichtung der Stube. Zwei junge Leute kreideten ihre Billardqueues ein und erwiderten Forrests Gruß.

„Guten Morgen, Herr Naismith“, neckte er. „Wieder neuer Stoff für die ›Breeders' Gazette‹?“

Naismith, ein dreißigjähriger, bebrillter, junger Mann lächelte und nickte in der Richtung seines Mitspielers.

„Wainwright hat mich herausgefordert“, erklärte er.

„Das heißt, daß Lute und Ernestine noch schlafen.“

Bert Wainwright richtete sich auf, um zu antworten, ehe er aber dazu kam, ging sein Wirt schon weiter, indem er Naismith über die Schulter hinweg zuwarf:

„Kommen Sie mit um halb zwölf? Thayer und ich fahren mit dem Auto hinaus, um nach den Shropshire-Schafen zu sehen. Er will ein Dutzend Wagenladungen Widder haben. Das würde einen guten Stoff für einen Artikel in den ›Idahoer Nachrichten‹

abgeben. Nehmen Sie Ihre Kamera mit. Haben Sie Thayer heute morgen schon gesehen?"

„Er kam zum Frühstück, als wir gerade fertig waren", warf Bert Wainwright ein.

„Wenn Sie ihn sehen, so sagen Sie ihm, daß er sich um halb zwölf bereithalten soll. Dich fordere ich nicht auf, mitzukommen, Bert ... aus Liebenswürdigkeit. Bis dahin sind die Mädels sicher aufgestanden."

„Willst du nicht wenigstens Rita mitnehmen?“ bat Bert.

„Nicht zu machen“, lautete die Antwort Forrests, der schon in der Tür stand. „Es ist Geschäft. Übrigens könntest du Rita gar nicht von Ernestine losreißen, und wenn du einen Kran nähmst.“

„Ich wollte ja eben sehen, ob du es fertig brächtest,“ lachte Bert.

„Komisch, daß junge Leute nie ihre eigenen Schwestern zu schätzen wissen.“ Forrest hielt den Bruchteil einer Sekunde inne. „Ich finde, daß Rita eine prachtvolle Schwester ist. Was hast du gegen sie?“

Ehe der andere antworten konnte, hatte Forrest schon die Tür hinter sich geschlossen und schritt sporenklirrend zu einer breiten Betontreppe. Als er den Fuß auf die erste Stufe setzte, hörte er Tanzmusik und Gelächter, was ihn verlockte, in ein weißes Stübchen, das von Sonne durchflutet war, zu gucken. Ein junges Mädchen in rotem Kimono und Morgenhäubchen saß am Flügel, während zwei andere, ähnlich gekleidet, eng umschlossen einen Tanz parodierten, den sie nie in einem Tanzkursus gelernt hatten, und der auch nicht für Männeraugen berechnet war.

Das junge Mädchen am Flügel erblickte ihn zuerst, blinzelte schelmisch mit den Augen und spielte weiter. Erst nach einer Minute bemerkten die Tanzenden ihn, schrien erschrocken auf und fielen sich, als die Musik aufhörte, lachend in die Arme. Sie waren alle drei strahlend gesunde, junge Geschöpfe, und Forrests Augen leuchteten, als er sie sah, wie sie beim Anblick der

Fotherington-Prinzessin geleuchtet hatten.

Neckereien, wie sie unter jungen Menschen beiderlei Geschlechts üblich sind, flogen hin und her.

„Ich stehe schon fünf Minuten hier“, behauptete Dick Forrest.

Um ihre Verwirrung zu verbergen, bezweifelten die beiden Tänzerinnen seine Glaubwürdigkeit und führten Beispiele seiner bekannten und berüchtigten Verlogenheit an. Das junge Mädchen am Klavier, seine Schwägerin Ernestine, behauptete, daß er stets die Wahrheit spräche, daß sie ihn vom ersten Augenblick an gesehen, und daß er ihrer Berechnung nach viel länger als fünf Minuten dagestanden und zugesehen hätte.

„Und dabei glaubt Bert, das Unschuldslamm, daß ihr noch nicht aufgestanden seid“, übertönte Forrests Stimme ihr heiteres Plaudern.

„Das sind wir auch noch nicht – für ihn wenigstens“, antwortete die eine der Tänzerinnen, eine lebhafte junge Schönheit. „Und für dich übrigens auch nicht. Mach nur, daß du wegkommst, mein Junge. Mach, daß du wegkommst!“

„Nun höre aber mal, Lute,“ begann Forrest streng, „wenn ich auch ein hinfälliger, alter Mann bin und wenn du auch nur achtzehn, ganze achtzehn Jahre alt und zufällig die

Schwester meiner Frau bist, so brauchst du doch nicht zu versuchen, dich vor mir aufzuspielen. Vergiß nicht, – ich muß es sagen, so unangenehm es dir auch vor Rita sein mag, – vergiß nicht, daß ich dich in den letzten zehn Jahren öfters verhauen habe, als dir aufzuzählen lieb wäre. Es ist richtig, daß ich nicht mehr so jung bin, wie ich war, aber" – er befühlte die Muskeln seines rechten Armes und machte Miene, sich die

Ärmel aufzukrempeln – „aber ich bin doch noch kein Tattergreis, und ich hätte große Lust …“

„Wozu?“ fragte das junge Mädchen kriegerisch.

„Ich hätte große Lust,“ murmelte er düster, „große Lust dich … Übrigens, – es tut mir leid, es dir sagen zu müssen, – dein Häubchen sitzt nicht grade. Und besonders geschmackvoll ist es auch nicht.“

Lute warf ihr blondes Köpfchen herausfordernd zurück, blickte ihre Freundinnen hilfesuchend an und sagte dann:

„Ach, ich weiß nicht. Ich halte es doch für höchst wahrscheinlich, daß wir drei Mädchen noch mit einem Mann von deinem ehrwürdigen und soliden Habitus fertig werden können. Was meint ihr, Kinder? Los! Er ist schon vierzig und hat Krampfadern. Ich verrate zwar nicht gern

Familiengeheimnisse, aber alles hat seine Grenzen."

Ernestine, eine etwas robuste, kleine, achtzehnjährige Blondine, sprang vom Flügel auf, und alle drei unternahmen einen Plünderungszug nach den Sofakissen in den tiefen Fensternischen. Nebeneinander, ein Kissen wurfbereit in jeder Hand, rückten sie gegen den Feind vor.

Forrest machte einen kräftigen Ausfall, die jungen Mädchen stoben auseinander und drangen von allen Seiten mit den Kissen auf ihn ein. Mit ausgebreiteten Armen und gespreizten, krummen Fingern ging er auf alle drei los. Der Kampf wurde zu einem wahren Wirbelsturm. Flatternde Tücher, Seidenpantöffelchen, Morgenhäubchen und Haarnadeln flogen nach allen Seiten.

Dick Forrest lag auf allen Vieren, atemlos von dem

Kissenbombardement, und die Ohren summten ihm tüchtig von den vielen Schlägen. In der Hand hielt er als Trophäe einen zerrissenen Gürtel aus blauer Seide mit rosa Rosen.

In der einen Tür stand Rita mit flammenden Wangen, wachsam und fluchtbereit wie ein Reh, in der anderen Ernestine, ebenfalls mit flammenden Wangen, in ehrfurchteinflößender Stellung wie die Mutter der Gracchen, die traurigen Reste des Kimonos in strengen Falten um sich drapiert und von der einen Hand gehalten, die sie in die Hüfte stemmte. Lute war hinter dem Flügel eingeklemmt und versuchte, wegzukommen, wurde aber von Forrest zurückgetrieben, der drohend auf Händen und Knien lag und wie ein wilder Stier brüllte.

„Und dabei gibt es Leute, die immer noch an die prähistorischen Mythen glauben," verkündete Ernestine aus ihrem sicheren Zufluchtsort, „daß dieses elende menschliche Wesen, das hier auf allen Vieren im Staube liegt, Berkeley einst zum Siege über Stanford geführt habe.“

Ihre Brust wogte vor Anstrengung, und er bemerkte mit Freude, wie die schimmernde Seide sich hob und senkte, während sie sich nach ihren Freundinnen umsah, die ebenso schwer atmeten.

Der Flügel war ein winziges Instrument – ein zierliches Möbel in Weiß und Gold, wie alles übrige im Zimmer. Er stand nicht direkt an der Wand, so daß Lute nach beiden Seiten hinausschlüpfen konnte. Forrest erhob sich und machte Miene, über das Instrument hinwegzuspringen. Da rief Lute erschrocken:

„Aber deine Sporen, Dick! Deine Sporen!“

„Dann laß mir Zeit, sie abzuschnallen“, schlug er vor.

Als er niederkniete, um sie abzuschnallen, machte Lute einen schnellen Fluchtversuch, wurde aber hinter den Flügel zurückgetrieben.

„Wie du willst, mein Kind.“ Forrest legte die Hände auf den Flügel und trat ein paar Schritte zurück. „Jetzt springe ich.“

Die Tat folgte den Worten unmittelbar; er schwang sich seitwärts über den Flügel, die gefährlichen Sporen einen ganzen Fuß über der weißen, schimmernden Fläche. Im selben Augenblick duckte sich Lute und kroch auf Händen und Füßen unter den Flügel. Unglücklicherweise stieß sie sich den Kopf, und ehe sie sich besinnen konnte, war Forrest schon um das Instrument herumgelaufen und hielt sie fest.

„Komm heraus!“ befahl er. „Komm heraus, damit du deine Strafe kriegst!“

„Gnade!“ flehte sie. „Gnade, Herr Ritter, im Namen der Liebe und aller in Not befindlichen Jungfrauen.“

„Ich bin kein Ritter,“ verkündete Forrest im tiefsten Baß. „Ich bin ein Ungeheuer, ein scheußliches, unverbesserliches Ungeheuer. Ich bin aufgezogen mit dem Blut von im Millschen Seminar erzogenen Jungfrauen.“

„Kann denn gar nichts deine Wildheit bannen und besänftigen?“ fragte Lute, schwärmerisch flehend, während sie die Möglichkeit einer Flucht überdachte.

„Nur eines, Elende! Nur eines auf der Erde, über ihr und unter ihren rinnenden Wassern.“

Ein Freudenschrei der beiden anderen jungen Mädchen unterbrach ihn, und, immer noch unter dem Flügel liegend, rief Lute dem jungen

Wainwright, der auf dem Schauplatz erschienen war, zu:

„Zu Hilfe, Herr Ritter! Zu Hilfe!“

„Laß ab von der Jungfrau!“ ertönte Berts Herausforderung.

„Wer bist du?“ fragte Forrest.

„König Georg, Kerl – ich meine St. Georg.“

„Dann bin ich dein Drache“, verkündete Forrest mit gehöriger Demut. „Schone diesen meinen einzigen, alten und ehrwürdigen Hals."

„Hau ihm den Kopf ab!" riefen die jungen Mädchen eifrig.

„Haltet inne, ihr Jungfrauen, ich bitte euch!" sagte Bert. „Ich bin nur eine Flaumfeder, ein Nichts, aber ich fürchte mich nicht. Ich will den Drachen besiegen."

„Hau ihm den Kopf ab!" jubelten die jungen Mädchen. „Laß ihn in seinem eigenen Blut ersticken und brate ihn ganz!“

„Ich ergebe mich“, stöhnte Forrest. „Es ist aus mit mir. Das also ist die Barmherzigkeit, die man von jungen Christenweibern im Jahre des Herrn 1914 zu erwarten hat! Von jungen Weibern, die dereinst das Stimmrecht erhalten! St. Georg – sagen wir also, daß mein Kopf abgehauen ist. Ich bin tot. Meine Geschichte ist aus.“

Und jammernd und ächzend, unter realistischen Zuckungen und Beinverrenkungen und mächtigem Sporenklirren legte Forrest sich der Länge nach hin und gab seinen Geist auf.

Lute kroch unter dem Flügel hervor, und die drei jungen Mädchen führten einen Harpyentanz um den Erschlagenen auf.

Aber mitten darin setzte Forrest sich auf und protestierte. Er blinzelte dabei

Lute vertraulich und bedeutungsvoll an.

„Der Held!“ rief er. „Vergeßt ihn nicht. Bekränzt ihn mit Blumen.“

Und Bert wurde bekränzt, und zwar mit Blumen aus Vasen, die seit dem vorigen Tage kein frisches Wasser gesehen hatten. Als ihm ein Strauß früher Tulpen mit nassen, schleimigen Stengeln von Lutes kräftigem Arm an den Kopf geworfen wurde, floh er. Der Lärm der Verfolgung hallte durch den

Vorraum und verlor sich schließlich die Treppe zum Billardzimmer hinab. Forrest stand auf und schritt lachend, mit klirrenden Sporen weiter durch das Große Haus.

Er durchschritt zwei Höfe, lange, mit Fliesen belegte und überdachte Gänge, die unter Blumen und Laub fast begraben waren, und erreichte, immer noch atemlos von dem heiteren Spiel, seinen eigenen Flügel des Hauses, wo sein Sekretär ihn in seinem Arbeitszimmer erwartete.

„Guten Morgen, Blake“, sagte er. „Es tut mir leid, daß ich Sie warten ließ.“ Er sah auf seine Armbanduhr. „Aber es sind nur vier Minuten. Ich konnte nicht früher loskommen.“

* * *